Les œufs de Meg

Pour Katie

Traduit de l'anglais par Anne Krief

Maquette de Didier Gatepaille
Lettrage de Caroline Austin

ISBN : 2-07-055767-7
Titre original : "Meg's Eggs"

Publié pour la première fois par William Heinemann Ltd. en 1972,
puis par Puffin Books en 1975.

Publié en 2004 par Puffin Books, Londres, Penguin Group.

Numéro d'édition : 126776
Loi n° 49-956 du 16 juillet 1949
sur les publications destinées à la jeunesse
Dépôt légal : mars 2004

Imprimé en Italie par Printer Trento.

Retrouvez Meg et Mog dans :

MEG ET MOG

MEG & MOG

Les œufs de Meg

Helen Nicoll et Jan Pieńkowski

GALLIMARD JEUNESSE

Comme c'était l'heure du dîner,
Meg prit son chaudron.

Elle plongea
dedans

des
lézards,
des salamandres,
2 grenouilles vertes

et prononça sa formule magique.

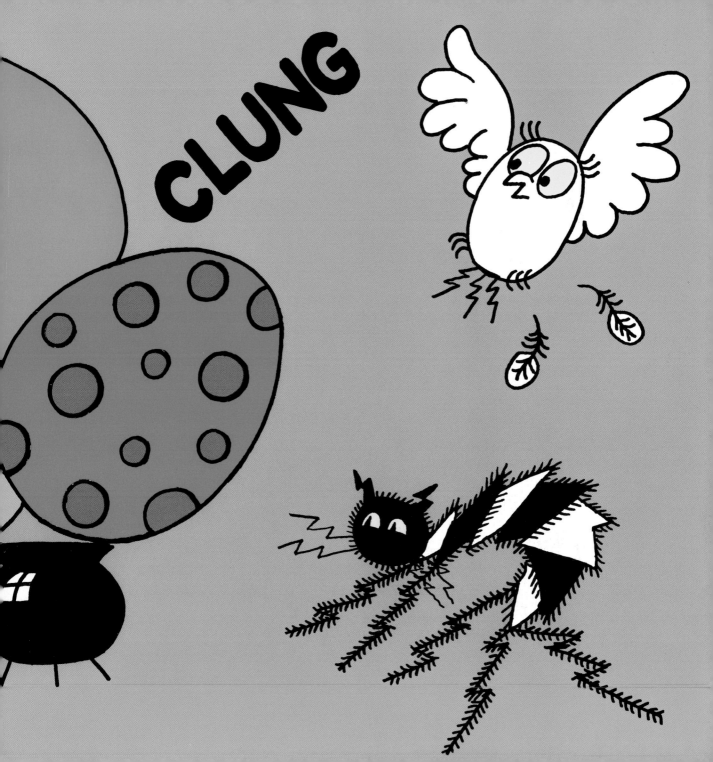

Ils n'arrivèrent pas à casser les œufs

manger.

sans rien

se coucher

et montèrent

Au milieu
de la nuit,
Meg entendit

HOUUU

CRIC CRAC

un bruit.

L'œuf de Meg était en train d'éclore.

Meg conduisit Diplodocus

à la mare.

Diplodocus était très content

C'était un autre dinosaure.

Mog
conduisit
Stegosaurus
au jardin.

Hibou
surveillait
le troisième
œuf,

d'où
surgit
Tyrannosaurus,
le plus féroce
des dinosaures.

CLAC

Ils avaient
très très peur.

Tyrannosaurus voulait les manger tous les trois.

Meg fila chez elle et essaya
de concocter une bonne potion.

2 œufs plongés dans l'eau
Du bacon quand ça bout
Et ces 3 gros lourdauds
Deviendront
des bouts d'chou !

Au revoir !